VENTE

Du Lundi 31 Mars 1884

HOTEL DROUOT, SALLE N° 5

OBJETS D'AMEUBLEMENT

FAIENCES

ANCIENNES PORCELAINES DE CHINE

BRONZES, SCULPTURES

MEUBLES, TENTURES ET ÉTOFFES

EXPOSITION

Le Dimanche 30 Mars 1884

de une heure à cinq heures.

COMMISSAIRE-PRISEUR

Me P. CHEVALLIER

10, rue Grange-Batelière.

EXPERT

M. B. LASQUIN

12, rue Laffitte.

CATALOGUE

DES

OBJETS D'AMEUBLEMENT

FAIENCES

Anciennes porcelaines de Chine
Bronzes — Pendules et Candélabres
Sculptures en marbre
Meubles anciens et modernes
Tentures et Étoffes — Objets divers

DONT LA VENTE AURA LIEU

HOTEL DROUOT, SALLE N° 5

Le Lundi 31 Mars 1884, à 2 heures.

<table>
<tr><td>COMMISSAIRE - PRISEUR</td><td>EXPERT</td></tr>
<tr><td>Me PAUL CHEVALLIER</td><td>M. B. LASQUIN</td></tr>
<tr><td>10, rue Grange-Batelière, 10</td><td>12, rue Laffitte, 12</td></tr>
</table>

EXPOSITION PUBLIQUE

Le Dimanche 30 Mars 1884, de une heure à cinq heures

CONDITIONS DE LA VENTE

La vente aura lieu expressément au comptant.

Les acquéreurs payeront en sus des enchères *cinq pour cent* applicables aux frais.

L'exposition mettant le public à même de se rendre compte de l'état des objets, il ne sera admis aucune réclamation une fois l'adjudication prononcée.

Paris. — Imp. de l'Art, J. Rouam, 41, rue de la Victoire.

DÉSIGNATION DES OBJETS

FAIENCES

1 — Moustiers. — Jolie fontaine en forme de vase d'applique et son bassin à décor de grotesques et de fleurs en couleurs.

2 — Moustiers. — Soupière de forme oblongue à contours, décor de fleurs en couleurs.

3 — Moustiers. — Petit plateau oblong à bord contourné, décoré de fleurs en couleurs.

4-5 — Quatre grands plats en faïence moderne de Nevers, décorés de sujets au centre et d'ornements variés au marli.

6 — Fontaine avec coquille en faïence, décorée à sujet d'après Téniers.

ANCIENNES PORCELAINES DE CHINE

7 — Vase rouleau en vieux Chine, cavaliers et fleurs en émaux de la famille rose.

8 — Vase rouleau, fond noir uni.

9 — Cornet balustre à compartiments de personnages en bleu.

10 — Autre décor bleu céladonné à paysages.

11 — Bouteille à panse sphérique et col droit, fond jaune impérial décoré de deux chiens de Fô.

12 — Vase balustre à six pans en céladon turquoise truité.

13 — Bouteille à panse sphérique en céladon gros bleu.

14 — Jardinière décorée de nombreux personnages en émaux de couleurs.

15 — Bouteille en céladon flambé bleu et rouge.

16 — Bouteille analogue.

17 — Gourde à ornements bruns en relief.

18 — Vase carré en blanc de Chine.

19 — Gargoulette émaillée sur fond vert.

20 — Légumier avec son couvercle fond vert d'eau.

21 — Deux chimères en ancien céladon violet et bleu turquoise.

22 — Deux petits vases carrés émaillés vert à figures en relief.

23 — Petite potiche décorée de fleurs en vert et rouge.

24 — Vase bursaire fond bleu à deux anses, décor de paysages.

25 — Grand vase flambé ovoïde et un autre carré.

26 à 29 — Treize petites pièces, animaux chimériques et coupes, pièces d'échantillons.

3o à 33 — Dix-sept petits vases de nuances et de formes variées en céladon.

34-35 — Cinq coupes et un pied, cage à grillons, animal couché, décors variés.

36 — Lot de pieds en bois de fer.

BRONZES

37 — Deux flambeaux, cassolettes du temps du Directoire, trépieds à griffes de lion en bronze, sur socle en marbre vert de mer.

38 — Garniture de cheminée en bronze doré de Paillard.

Elle est composée d'une pendule à deux figures de femmes, allégories des Sciences, assises sur des ornements feuillagés de chaque côté d'un vase ovoïde en porcelaine gros bleu contenant le cadran et surmonté d'un bouquet de fleurs, et de deux candélabres à six lumières supportés chacun par deux figures de femmes.

3g — Deux lampes en porcelaine de l'Inde avec monture de bronze.

40 — Encrier en marbre noir à deux godets et groupe des Lutteurs en bronze.

41 — Pendule en biscuit de Nast surmontée d'un joli groupe, Vénus et l'Amour, et ornée sur les côtés de guirlandes de fleurs. La base offre un bas-relief, jeux d'enfants, en bronze doré. Le cadran porte la marque : *École royale d'arts et métiers à Châlons.*

42 — Pendule en bronze doré représentant deux joueuses d'osselets placées de chaque côté d'une sphère en bronze bleui contenant le cadran.

OBJETS DIVERS

43 à 45 — Sous ces numéros, huit miniatures sur ivoire d'après Baudoin, Greuze et artistes du XVIIIᵉ siècle.

46 — Miniature ovale : portrait de femme, cadre en bronze à nœud de ruban.

47 à 49 — Cinq divinités indiennes et un petit éléphant en marbre sculpté.

50 — Sept boucliers en cuir.

51-52 — Trois boucliers indiens en acier damasquiné. Six poignards.

53-54 — Treize éventails en bambou.

55 à 58 — Huit pièces en cuivre gravé : flacons, plateaux, gobelets, etc., de travail indien.

59 — Canne en bois sculpté; petit cadre plaqué
d'ivoire gravé; huit porte-montres formés de
cornes.

SCULPTURES

60 — MARBRE BLANC. — Femme couchée tenant un
bouquet de roses, la tête appuyée sur un
coussin. Grandeur, deux tiers nature.

61 — MARBRE BLANC. — Vase de forme surbaissée, à
couvercle, reposant sur trois pieds griffes de
lion.

62 — MARBRE BLANC. — Figure d'enfant debout
sur un tronc d'arbre.

63 — TERRE CUITE. — Vase ovoïde à piédouche sur
base cannelée et à anses serpents, signé :
Sigisbert, 1802.

64 — TERRE CUITE. — L'Amour fuyant Vénus, par
Alice Rio.

MEUBLES

65 — Pendule du temps de Louis XIV, et son socle
de suspension en marqueterie de cuivre et
d'écaille garnie de bronzes à feuillages et
surmontée d'une figure d'amour,

66 — Jolie couchette de style Régence en bois sculpté à coquilles, feuillages, et à pieds contournés, peint en blanc.

67 — Secrétaire de style Louis XVI en bois d'acajou à cannelures de cuivre, orné sur l'abattant et les parties du bas d'un écusson royal et de fleurs de lis. Dessus de marbre bleu turquoise.

68 — Commode de même style, ouvrant à trois portes, celle du milieu à ressaut, ornée aux angles de colonnettes cannelées de cuivre et incrusté de fleurs de lis et d'encadrements de feuillages en cuivre. L'intérieur renferme trois tiroirs; dessus de marbre bleu turquoise.

69 — Bureau bonheur du jour à cylindre et à portes à glaces de même style que les meubles qui précèdent, dessus en brèche d'Alep.

70 — Grande table à jeu du même style, incrustée de filets de cuivre et garnie de moulures.

71 — Table de nuit de forme carrée, sur pieds élevés à croisillons, garnie de moulures de cuivre.

72 — Commode, quatre rangs de tiroirs en bois noir de forme contournée.

73-77 — Cinq tables-consoles portugaises en palissandre sculpté et à moulures avec pieds contournés.

78 — Deux petites tables sur quatre pieds tournés.

79-84 — Un canapé et vingt chaises portugaises du temps de Louis XV, en bois de palissandre sculpté. Ce lot sera divisé.

85-88 — Plusieurs lits portugais démontés, en bois sculpté et marqueté.

89 — Cabinet japonais orné de petites appliques en bronze.

90 — Glace en hauteur, biseautée, à fronton de rinceaux, genre Louis XVI.

91 — Corps inférieur d'un très beau meuble du XVIᵉ siècle, en bois de noyer très finement sculpté ; il est à deux vantaux décorés de bas-reliefs représentant des allégories des Saisons ; les montants et les frises sont décorés de guirlandes et de rinceaux feuillagés.

TENTURES ET ÉTOFFES

92 — Tapis de table en satin bleu de Chine à fleurettes.

93 — Couvre-lit portugais en piqué à ornements et figures en rouge, ton sur ton.

94-96 — Vingt-quatre pièces : morceaux d'étoffes, la plupart avec paillons de glace, deux portières algériennes, tapis de table et un coussin en drap brodé or.

97 — Lot de brocatelle ancienne.

98 — Devant d'autel en broderie de perles à rinceaux.

99-104 — Riche tenture en soie jaune et soie bleue à ornements soutachés, composée de :

> Quatre rideaux de fenêtres doublés de soie bleue ;
> Deux rideaux de lit ;
> Lambrequins de lit (environ 16 mètres) ;
> Deux lambrequins de fenêtres ;
> Quatre portières doublées de soie bleue ;
> Dix-sept mètres de lambrequins ;
> Ciel de lit soie jaune à galons bleus ;
> Trois lambrequins en drap bleu brodés de jaune ;
> Deux garnitures de canapés de même étoffe ;
> Douze embrasses et 35 mètres de câblé ;
> Un tapis de table ;
> Divers morceaux de soie jaune ;
> Quatre grands rideaux en soie jaune, galonnés de bleu et doublés de soie jaune ;
> Deux portières de même étoffe.

www.ingramcontent.com/pod-product-compliance
Lightning Source LLC
LaVergne TN
LVHW021613170726
843501LV00010B/4009